MONTS
ET MERVEILLES

RENÉ GUY CADOU

MONTS
ET MERVEILLES

Nouvelles fraîches

Avant-propos
de Philippe Delerm

Nouvelle

ÉDITIONS DU ROCHER
Jean-Paul Bertrand

ISBN 2 268 02710 4

AVANT-PROPOS

Liarn. C'est le titre d'une des nouvelles de René Guy Cadou contenues dans ce petit recueil inédit. Liarn, un nom âpre, sauvage, qui pourrait donner sa tonalité à cet ensemble de textes écrits entre juillet 1943 et mars 1944. René Guy Cadou était alors un tout jeune homme de vingt-trois ans. Il venait de rencontrer Hélène, qui devait illuminer sa vie et son œuvre. Mais il y avait tant d'ombres en lui, tant de blessures, la mort de sa mère, puis celle de son père, l'abandon à sept ans du paradis de la Brière pour Saint-Nazaire, puis

Nantes, où l'adolescence serait si lourde à porter. Bien sûr, il y avait les mots, déjà...

Mais les mots contenus dans ces nouvelles, s'ils annoncent le romancier de *La Maison d'été,* le poète de *Poésie la vie entière,* s'ils ont l'urgence, l'exigence qui accompagneront toute l'œuvre de Cadou, n'ont pas encore la sérénité, le bleu profond, le chant qui caractériseront les grands recueils de René Guy, *Le Cœur définitif, Hélène ou le Règne végétal, Les Biens de ce monde.* Ils n'ont pas encore cette « sécurité d'épaule » ni ces couleurs d'automne qui seront la marque des pages écrites à Louisfert, dans la maison d'école, auprès d'Hélène, pendant les six courtes années qui resteront à Cadou pour mener son destin, avant que la maladie ne l'emporte, le 20 mars 1951.

Depuis, Hélène Cadou fait rayonner cette œuvre, qui n'a jamais semblé aussi vivante. Chaque jour qui passe en porte le témoignage, du commentaire composé proposé aux bacheliers, au chanteur qui met ces poèmes en musique, du prisonnier politique péruvien, qui lit Cadou dans sa cellule, à l'enfant de sept ans qui récite « Odeur des pluies de mon enfance... » Et chaque été, Hélène Cadou revient dans la maison d'école transformée en musée bien vivant et moderne pour y retrouver plus nombreux les amis lecteurs de René Guy.

Hélène Cadou a hésité longtemps avant de me confier les nouvelles de *Monts et merveilles*. Il s'agit là de la dernière partie inédite de l'œuvre de René Guy Cadou. C'est un événement en soi. Mais il en est un autre, plus important, qui est de découvrir dans ces pages un ton singulier, presque oppressant parfois, une prose serrée, compacte, douloureuse, traversée de grands éclairs, d'images fiévreuses. Le mot « joie » revient souvent, mais comme noyé dans une mer d'inquiétude. « Je parle à travers l'épaisseur des mains qui tombent sur ma bouche, je parle pour communiquer la fraîcheur, pour retrouver sous la pierre les grands lézards du rêve, pour que la fleur soit l'ombre même de l'homme sur la terre. Je m'en tiens à une possession sourde. »

Sourde possession du monde, qui donne une force presque surréelle aux sensations venues de la nature et de la mémoire confondues : « Puis c'est un nuage qui vient de l'enfance. De quelque chose comme la chaleur de la tourbe. Les pervenches du gel et le halètement des loups domestiques dans la forge. » Images d'une mer nauséeuse qui fait rêver l'ailleurs et englue le personnage de Lucienne dans une lisière blême : « Ici, c'est encore le port, la silhouette féminine des grues, les cargos, le goudron, le sel. Dans la rue, le ruisseau, les syllabes écrasées et la lanterne rouge comme enseigne. »

Monts et merveilles

Pages étouffantes, âcres, si fortes. Le diamant sous la gangue. Elles éclairent l'enjeu d'une écriture qui nous est devenue familière, mais dont nous découvrons ici l'intensité à brut, la nécessité originelle. L'écrivain qui rédigea ces *Monts et merveilles* refusait d'emblée toute complaisance. On souffre avec cette âme à vif. On sent comme un enfantement l'appel de cette joie qui se cherche un passage au plus cruel de la mémoire, et qui veut tout garder de la blessure ancienne aux portes du bonheur. Un chemin s'ouvre là.

Philippe Delerm

LE BLÉ DE MAI

I

Ce n'est pas au bord d'une route, mais plus profond dans l'humus, vers la pleine terre au bercement des chevaux, ma maison et ses balustrades de ciel clair.

Il a fallu en écarter des ronces pour qu'elle soit là, tranquille, paissant l'herbe et le trèfle et les toutes premières pousses de la lumière. Les étoiles sont comme de grosses mouches dans ses yeux.

Je l'ai choisie pour la douceur de l'encolure, pour son épaule favorable à la main et aussi parce qu'elle est l'unique souvenir de l'homme que je tienne encore à conserver. Elle me tient chaud. Sans gêne je me dépouille de mes lèpres, de mes lichens, j'apparais au grand jour. Comment en serait-il autrement tandis que le bon grain s'envenime à ses portes et que son front secoue sa crinière de fumées.

Au début il y a bien eu un certain malaise comme après le claquement d'une gâchette dans la nuit, puis je me suis habitué à son langage, à ce long cours dans les prairies vers les collines écumantes. Dans la glu de ses vitres se prenaient les oiseaux.

Et les arbres sont venus ; ils se sont avancés jusqu'au seuil et les feuilles commencent à glisser sur le toit dans le sens de la caresse. Le vent n'empêche rien, on sait seulement qu'il cherche à s'introduire dans l'intimité domestique des cloisons, qu'il soulève curieusement la voile d'un rideau pour voir ce qui se passe. Mais rien ne se passe à l'intérieur de la maison. C'est le cœur qui bat dans le grand coffre de l'horloge. La parole interdite. Je voudrais bien couler jusqu'à ma langue la tiède rosée des mots, éclabousser de chaude salive ces visages. Les murs tendent leurs oreilles paresseuses mais je n'ai pas de secrets, je suis là seulement pour la réponse.

Et qui la donnera ? Les fleuves se détournent de ma bouche. Le sang coule plus loin, tout ce qui fait ma vie ne m'atteint déjà plus. Penché sur ma maison, elle est entre mes cils comme un poisson d'argent. Je regarde sans voir. Je suis un grand mur blanc aveuglé par la chaux. Voilà des semaines qu'il ne passe personne.

Un matin tout est revenu, la campagne comme un âne gris aux grelots du muguet, la voix fraîche sous la porte, les sept branches du soleil au bord du chandelier.

Je n'ai pas eu envie de parler. Les racines s'y sont prises de telle sorte que j'ai été cloué sur place. Maintenant, c'est la rumeur végétale. Quand le vent me secoue il s'échappe des ailes, une dernière larme descend comme une feuille sur ma main. Alors je m'allonge, je suis la treille sous la fenêtre avec les lourds lampions de mon sang, je dirige les tuiles. On n'a plus rien à me cacher.

Il y a les arbres qui se mettent à raconter. Rien n'est dit que la joie, de cette joie qui explose au fond des mines comme un diamant. Les herbes, davantage à ma taille, ne cessent de m'avertir :

« Lève les yeux plus haut si tu veux voir la terre. » Je lève les yeux. C'est pour saluer les biches qui broutent sur le toit. L'une d'elles ressemble à un portrait d'enfance de ma grand-mère.

Avec les biches, le ruisseau, long boulevard de province et les lampes à arc des nénuphars, toute la faune qui papillonne.

Mille choses à dire sur ce premier voyage immobile. Et d'abord le silence, les durs flocons de la joie qui se soudent, la grosse boule rouge dans la poitrine, celle qui a déjà pris le physique de la terre.

Je tends ma main vers elle, je lui offre mes doigts comme les continents.

II

Mais je n'en ai pas été quitte ainsi avec la joie. J'étais venu apporter la réponse et il a bien fallu que je la donne. Est-ce que ma vie passée pouvait être une réponse suffisante ? Pouvais-je désormais me contenter de cette cavalière mainmise sur le ciel, de ce voyage à petites journées ? J'étais entré dans l'ordre des grands arbres, dans le cycle des eaux, déjà je participais aux révolutions secrètes, alors il était nécessaire, n'est-ce pas, d'employer un autre langage, de m'introduire directement dans le dialogue des saisons.

Je parle à travers l'épaisseur des mains qui tombent sur ma bouche, je parle pour communiquer la fraîcheur, pour retrouver sous la pierre les grands lézards du rêve, pour que la fleur soit l'ombre même de l'homme sur la terre. Je m'en tiens à une possession sourde.

Le grain a chanté, il a poussé sa petite corne dans la glaise comme s'il voulait déchirer un pan de lumière et en effet ç'a été tout de suite la lumière.

Maintenant c'est comme un cil retourné dans mon œil, une mince flamme qui cherche à forer ma prunelle et y parvient. Je suis plein d'herbes jeunes. Ma tête s'ouvre, on dit : le blé de mai.

Pour être sûr, il faudrait s'appuyer des deux mains à la terre, se rendre compte si les liens ne vont pas tout à coup céder et renvoyer le corps sur ses épines. Je n'ai pas le temps de savoir. Je suis pressé par la joie. Je vis.

Il me semble qu'il y a des années que cela dure, que j'ai toujours habité ces épaules et ce bleu, que la campagne est depuis longtemps cette corbeille à mon bras.

En ce moment quelqu'un fait le tour de la maison pour entrer. Il n'y a pas de porte. C'est à moi d'aller chercher, de montrer quels chemins il faut prendre pour être là, sous les ramages de la lampe.

Je n'ose pas me lever. Je n'ose pas mettre pied sur le tapis roulant du monde qui m'emporterait. Pourtant je suis sûr que c'est elle, la quotidienne, la présente, la désirable comme le feu, elle dont le nom est comme une fleur rouge dans ma gorge. Je ne la vois pas encore, je l'entends seulement qui tourne dans la grande cage des lauriers. Elle profite d'une aile, elle est un givre nouveau sur la vitre. Je suis lié à elle par toutes les cordes de mon sang.

Comment la prendre ? J'ai peur de lui faire mal avec ces mains durcies par tant d'écorces. Mon visage l'effraiera blessé par tant d'oiseaux. Et puis que lui donnerai-je ? J'ai tout abandonné pour ce clair vivier de lumière.

Qu'elle sache d'abord, qu'elle ne tente pas de m'atteindre comme une attitude engageante.

Qu'elle vienne simplement à moi comme on va à la source. Je lui dirai les arbres, les prés, la ruche blonde de l'eau, les gras labours du vent et mon front si semblable aux pierres du lavoir. Je dirai le matin aux tringles de rosée, l'enclume du soleil, l'étable où naît le soir entre les vieux bergers. C'est à travers la joie que je me fais connaître.

Et puisque les Amis sauvages l'ont menée jusqu'à moi, c'est que son visage est une grande confiance. Il est du même pays, il monte entre les cheminées du seigle, plus loin, vers les terres basses, au fond du blé de mai.

Je renverse les murs, je lui donne la main, je lui fais traverser des siècles de silence. Elle est devant la table couverte de troupeaux. L'herbe qu'elle a foulée réveille des fontaines.

III

Elle n'est pas restée longtemps près de moi. D'ailleurs il est préférable de ne pas chercher à pénétrer trop profond dans ma vie, derrière le clapotis de mes yeux il y a trop de naufrages, trop de vagues refermées sur des bourgeons naissants.

Pour me connaître, tel que je suis désormais sous l'écorce et le liège, elle a bien compris qu'il fallait demander à ceux-là mêmes qui m'entourent la raison de cette démarche printanière, du mouvement qui va de la lèvre au sillon.

Les branches se sont écartées pour laisser voir mon cœur. Les racines me soulèvent aux quatre coins de la plaine. Et pour tout expliquer, il se met à couler des ruisseaux de mes mains.

Alors elle me regarde, elle m'accueille avec certitude ; dans mon bras c'est bientôt l'écusson de son bras, je voudrais la combler, la recouvrir de neige, qu'elle germe déjà dans le lit des vallées, qu'elle soit parmi nous la cime la plus blanche.

Elle parle, elle ne cesse d'inverser de nouveaux visages pour me surprendre. Celui-ci est une grande volière, cet autre est comme la flamme d'un cyprès qui s'élève. Il en sort de toutes les niches, de tous les coins du ciel. Quand elle a bien modelé, elle explique : « Je te ferai semblable à ces fronts découverts, aux arbres beaux parleurs qui jasent dans la plaine, j'enfouirai les oiseaux au creux de ta poitrine pour un seul et même cri. Je te donne le vent si tu veux te connaître. »

Il y a une fleur qui ronronne doucement dans le soir.

Et puis elle continue :

« Je suis venue pour que tu saches, pour que tu n'ailles pas te contenter de ta joie, mais que tu sois source de joie. Répands-toi le long des routes, dans les banlieues difficiles, enseigne aux plus dangereux des hommes à se passer de la faim. Le blé de mai n'est rien si ce n'est la promesse. »

Personne encore ne m'avait parlé comme cela :

« Tu es venu et tu n'as rien apporté, tu n'as rien dit de ton origine, ton premier geste a été une grande lâcheté. Ce que tu portes en toi appartient aux saisons. »

Je sais bien ce qu'elle va dire maintenant :

« Tu crois commander à tous parce qu'un Dieu t'a donné la parole sans compter, tu te crois riche d'avoir dérobé les miels patiemment amassés, tu te crois grand parce qu'est grande ta bêtise. Finalement on saura te faire voir que tu n'as pas été. »

Et c'est vrai, j'ai profité de la joie comme d'une graine qui lève, une graine que d'autres ont semée et dont la flamme mordille la terre. Je n'ai pas songé à l'entourer de mes mains, je n'ai pas empêché qu'elle veille, je l'ai regardée danser dans les prunelles du monde. Demain elle éclatera en gerbes sous les faucilles et je n'y serai pour rien.

Mais demain tu auras définitivement pris place. Ton visage aura glissé dans les rainures de mon visage, ton épaule aura consolidé la mienne. C'est toi qui choisiras ce qui peut vivre en moi. Je ne veux rien garder des premières semences.

LIARN

I

Parce que le grand vent gonfle sa poitrine, on le suppose très riche. Il est fort. Il déborde largement sur ses épaules, il marche avec les chiens.

On dit que sa maison tire sur ses amarres et que le soir venu tout un peuple de marins gauches niche dans ses volets. Que la mer envahisse les blés comme cet hiver et aussitôt c'est lui qui a donné le sort. Il faut avouer qu'on ne s'est jamais bien expliqué sa présence. Un jour, voilà quelques années de cela. On aperçut comme une fumée du côté de Liarn. Ce pouvait être un caboteur longeant d'un peu trop près le rivage ou encore, pour quelques pêcheurs de goémons, le repas de midi. Mais ce n'était guère l'habitude de s'aventurer si loin vers l'ouest. Le tirant d'eau n'était pas suffisant pour les navires, quant aux moissons ce n'était plus l'époque et les sables effrayaient très fort les pêcheurs avec leurs brusques colères de bêtes sous-marines.

C'est un enfant qui rapporta la nouvelle : on avait rouvert la maison où le Gaspard s'était envoyé une décharge de chevrotines dans le ventre à cause d'une bougre de salope qui ne voulait plus de son amour. Des linges flottaient sur la barrière, on entendait l'ahan sourd d'une pioche dans le jardin abandonné, un pot de géraniums ensanglantait les marches.

On n'a pas eu besoin d'aller voir. Dès le lendemain l'homme est descendu au pays, un bel homme, bon Dieu ! tout en velours à côtes et des rides bien travaillées sur le visage. Il venait pour le pain, pour les mots essentiels, dire qu'il était là, que ce n'était pas la peine de s'inquiéter, qu'il ne ferait guère de bruit dans le village. Bref ! les pires paroles.

C'est justement parce qu'il n'était qu'un passant qu'on n'était pas d'accord avec lui. Personne ne pouvait savoir d'où il tenait ce bleu qui faisait comme un massif de myosotis de ses prunelles. À le regarder, on se doutait bien que la mer devait être pour quelque chose là-dedans, qu'il avait dû comploter longtemps avec le flot pour en arriver à cette silhouette lumineuse. Pour être sûr, il aurait fallu qu'il parle. Mais ces hommes-là c'est plus secret que le feu.

Alors on le laissa tout seul dans son Liarn. Pendant ce temps, lui avait déjà mis tous les oiseaux de son bord et le toit du Gaspard était devenu un grand vivier d'étoiles à couleurs saisonnières. Maintenant il n'allait plus qu'enveloppé d'un nuage de plumes douces : ça commençait à ses joues par un pollen pour faire comme de gros flocons sur sa poitrine. Un buisson qu'on aurait dit, après le passage des béliers ou bien l'intérieur d'une cour de ferme dans les premières heures de l'aube, au moment des combats de coqs au soleil.

II

À Liarn, il faut le dire, on était bien déshabitué de toutes les vilenies de la terre. La pierraille et le gel, ça n'intéressait plus personne. Il y avait seulement ce mouvement venu de très loin de plus loin que l'œil comme un dernier sursaut d'ignorance et d'amour.

C'est à cause de la mer qu'il était là, parce que dans son rêve natal elle lui était apparue, renversant le piano et les lustres, ruisselant sur le front de ses parents, dans cette petite chambre de province au troisième.

Et aussitôt, ç'avait été une démarche encombrante dans son cœur.

Le jour, il est devant le seuil, assis, une grosse racine de bruyère entre les dents, à dresser sur les doigts les vents siffleurs. La vague est comme une somnolence en lui. On voit qu'il ne cherche pas à comprendre mais à aimer, qu'il est béant aux tornades multicolores, aux frais, aux meutes blondes du soleil, qu'il est né pour recevoir l'anneau et la caresse.

Quand il ne reste plus dans le ciel qu'un mince filet d'eau clair, alors c'est autre chose ; il devient avec l'ombre d'une jalousie insupportable. À croire qu'on lui volera son océan pendant la nuit. Il faut qu'il aille, qu'il dégringole les étages de la falaise en toute hâte pour être le premier, le seul au bord des sables.

Parfois, ceux qui passent très tard dans la lande l'aperçoivent semblable aux feux volants, en même temps à divers points du rivage.

C'est à ça qu'il aurait dû faire attention. Les plus malins ont dit tout de suite que ce n'était pas naturel, que ce gaillard-là devait avoir du démon sous le poil pour se baguenauder ainsi à plusieurs exemplaires. Alors on a pensé au père Charles, un douanier à la retraite, pour surveiller ses gestes, parce qu'il savait ce que c'était, lui, que la contrebande et la magie.

Et voilà ce qu'on découvrit. D'abord il n'était pas plusieurs, mais si vagabond que son pas laissait un sillage phosphorescent dans le sable et qu'il était lui-même une longue traînée d'argent.

Quant à ces agenouillements, à ces brassées d'écume qu'il rejetait sur ses tempes c'était tout simple : le vent était passé un peu trop fort dans sa tête et celle-ci n'était plus qu'un grand vide où tintait le grain bleu de la folie.

À vrai dire, il y avait bien quelque chose que n'arrivait pas à s'expliquer le douanier.

C'était juste avant que l'homme ne regagne le haut de Liarn, cette sacrée disparition dans la falaise. « Est-ce qu'il ne garderait pas pour lui tout seul une "créature" », se demandait le père Charles, et malgré son grand âge il sentait mille piqûres d'abeilles dans sa chair.

Tout de même, il ne fallait pas exagérer. Une femme, si consentante soit-elle, ça ne se cache pas comme ça dans le creux d'un rocher. Alors ? Eh bien alors ! ça lui est venu tout d'un coup : un homme qui ne met pas la main à la pâte c'est riche, si c'est riche, ça doit bien avoir son argent quelque part et pour peu qu'on soit avare et méfiant, l'argent c'est fait pour mettre en lieu sûr. Il ne doutait plus maintenant : l'homme de Liarn avait un magot dans la falaise.

III

Ce qu'il a dit le vieux, ce n'est pas précisément ce qu'on attendait de lui. On aurait aimé qu'il tombât en plein dans le noir, que l'affaire sentît son diable d'une lieue comme lorsque le ferrant s'attaque à la jument du notaire. C'était si beau un homme qui commande aux marées.

Pourtant l'idée du magot n'avait rien de stupide. Ça commençait même par trotter sérieusement dans la cervelle du Victor, à tel point qu'il n'en dormait plus avec des à-coups dans la respiration comme s'il avait dû, par moments, soulever son propre poids d'or.

Un soir il a pris le chemin de Liarn avec du solide dans les tripes. À cause de la peur, il était bien décidé à retrouver le sommeil parce qu'après tout c'était son sommeil qu'il cachait avec tant de soin, cet homme.

Justement le ciel était de première, à se casser la gueule à chaque pas, mais il y avait aussi l'oreille, et pour cela il n'avait pas à se plaindre. Vers neuf heures, on a entendu des graviers rouler au-dessus de la tête, mais avec douceur, un peu comme la rosée dans la gorge des pigeons, et puis plus rien sinon un souffle large sur la mer.

L'homme est là, Victor le devine à cette brusque montée du sang dans ses joues, il imagine sa haute stature forestière, ses poings lourds et une terreur secrète est en lui. Si l'homme venait à parler il serait capable de tout lui avouer et de s'en retourner sans son sommeil. Mais voilà, l'homme ne parle pas. Alors il reste là Victor, avec cette chose froide dans les moelles, à attendre il ne sait plus trop quoi. Peut-être la lune.

En effet, c'est moins noir maintenant, on distingue même une ombre attachée au rivage et cette ombre a l'air de monter vers la falaise là où le sable est sec. À mieux voir c'est contre la falaise.

Victor pense aux belles nuits de printemps, la fenêtre ouverte, il dort, il n'y a rien qui puisse l'empêcher de dormir, les oiseaux sont partout dans son rêve.

Il est juste dans le dos de l'homme. Il ne voit plus que cette main qui cherche et ramène une longue boîte de métal. Il tient la gorge et serre, il serre davantage. Avec l'homme on dirait un pan de la falaise qui s'écroule.

Cette fois le sommeil est bien gagné. Victor force la boîte. Ce qu'il croyait contenir des joyaux et des ors n'est plein que des coquillages de la mer.

La Chesnaie

À LA POURSUITE DE LA MER

Dès quatre heures, le matin, on entendait les volets battre comme de gros insectes et la maison s'ouvrait. Une pipe noire entre les dents, depuis longtemps inséparable de son visage, le père tirait un lourd loquet, et déjà dans la rue, il humait comme une bête poulinière les derniers relents de la rogue. À tantôt cinquante ans, c'était toujours une belle pièce d'homme, un beau coffre qui portait ses tatouages comme autant de constellations.

Ce matin-là, il partait pour quelques jours en mer. Une visite qu'on fait en toute tranquillité avec la satisfaction d'un bon voisin !

Sa fille dormait encore.

Bientôt Lucienne se leva, et contrairement à ses plus anciennes habitudes, elle se vêtit en hâte, et par les ruelles qui longent le port, se rendit jusqu'à la jetée d'où l'on prend le premier contact avec le large.

La mer était bien là, étalée sous les voiles. C'était son souffle lent de dormeuse, la palpitation légère de sa poitrine faisant trembler les mâts.

Elle s'assit à la façon d'un homme, avec cette aisance qui n'appartient qu'aux vogueurs, et de là, sur ce fouillis de cordages, elle commença de mesurer l'étendue de la lumière, les vallées bleues mordillées par l'écume et le soleil qui dansait là-bas comme un œuf sur le jet d'eau de l'horizon.

À la voir ainsi vêtue, avec seulement un châle de pauvresse sur les épaules, on se serait facilement étonné de ses bonnes joues, de ces éclairs de santé qui lui montaient le long du visage comme des tiges de blé. Courbée, elle avait l'air de la statue vivante de la douleur, si l'on peut toutefois personnifier la douleur autrement que par le flot.

Mais que venait faire Lucienne dans ce décor brûlant pour elle, dans cette impossible contrée où le cœur ne contrôle plus son débit, où toutes relations sont définitivement rompues avec les terres ?

Avait-elle, à vingt ans, donné son amour en partage aux courants ? Attendait-elle un retour ? Mais nulle main ne faisait signe par-dessus la barrière dorée, et Lucienne attendait toujours. Parfois, sa tête se collait plus obstinément à ses épaules comme si elle avait à supporter une charge plus lourde de ciel ou de démence. Et un brusque haut-le-corps la renvoyait dans ses rêves.

Elle resta là jusqu'à l'arrivée des promeneurs. C'était juillet et les Parisiens avaient coutume de venir prendre tôt leur grand bol d'air marin. Quand elle se rendit compte d'une présence étrangère, elle s'éveilla tout à fait, repoussa des deux mains l'étrave qui fendait sa poitrine et sans se retourner, très calme, elle s'achemina lentement vers son toit. C'est ce jour-là que tout fut décidé.

***

Lucienne est dans la maison. Elle fait plus de bruit à elle seule qu'une équipe de déménageurs. C'est une hâte, un vent qui rôde, une avalanche de sauterelles dans les tiroirs. On dirait qu'elle a peur d'être surprise par quelqu'un ou par l'heure.

Sur la table s'amoncellent déjà des souvenirs, des parures, des linges fins et tout ce que nécessite une longue absence.

Car Lucienne est résolue à partir.

Cette cuisine lui est devenue plus odieuse qu'une chambre de chauffe avec ses panoplies de cuivre rouge, ses odeurs de graisse chaude et l'éternel refrain du balancier.

Maintenant qu'elle a entendu les clarines de l'aurore sur la mer, qu'elle comprend le langage mystérieux des marées et des phares, elle ne prendra plus place devant ces portraits de famille, qui lui rappellent par trop son humble condition. Il y a bien son père, cet homme de bord, et les conversations du soir sous la lampe, mais il y a aussi cette toile de fond qui est devenue toute sa vie.

Quand il sera de retour, les voisins lui diront : « Votre fille ? On l'a vue partir. Elle nous a dit qu'elle allait en campagne, chez ses tantes. Vous ne saviez pas ? »

Et lui se courbera davantage car il saura. Il y a bien longtemps qu'il a compris, aux durs écarts de ses prunelles, que dans cette tête-là il y avait bien autre chose que de la soumission. C'est sa faute aussi. Il a été trop souvent à la mer pour elle, il lui en a parlé comme d'une caverne des quarante voleurs. À son tour, tous ces trésors la tentent.

Et pourtant, ce n'est pas tout à fait cela. Ce n'est pas tant la mer qui tente Lucienne que l'idée qu'on s'en fait. S'embarquer ? À quoi bon ! Et qui voudrait l'inscrire sur les rôles d'équipage ? Ce qu'elle veut, c'est confondre ses rêves avec ceux des marins, leur arracher leur fabuleuse mémoire, être par le souvenir de toutes les escales, de tous les naufrages, et qu'importe s'il ne reste après cela qu'une salive amère.

Elle referme la porte doucement, comme on ramène une mante frileuse sur ses épaules. Déjà dans la gare où ruminent les trains. Et c'est sans un regret qu'elle voit se fondre la petite ville sous la neige du soir.

***

Il y a des mois que Lucienne est partie. Dans l'étroite cellule qu'elle partage avec une camarade, elle commente pour elle seule ses folies.

Les voilà tous ces corsaires dont le regard flotte comme un pavillon noir, tous ces soutiers, ces hommes de quart, ceux qui font avancer la mer de quelques pouces. Ils ont traversé les tropiques de ses bras, c'est avec eux qu'elle vogue vers les îles. Bonjour Louisiane ! Je te salue Natal, beau nom pour un pays !

Nulle autre qu'elle ne se reconnaît sur ces embarcadères. Lucienne regarde. Ici, c'est encore le port, la silhouette féminine des grues, les cargos, le goudron, le sel. Dans la rue, le ruisseau, les syllabes écrasées et la lanterne rouge comme enseigne.

Un petit morceau d'enfance se détache de sa mémoire et retombe sur elle sans la blesser.

Lucienne a six ans et ne va pas encore à l'école. On la confie à des ravaudeuses de filets, et elle a tout son temps pour parler à la mer. D'ailleurs elle lui doit son éducation, une bonne éducation, ma foi, puisque Lucienne sait bien qu'on ne passe pas devant la vague sans saluer. À son âge, elle connaît déjà l'alphabet des phosphores, les chiffres sacrés que dessinent les algues, les jurons des gabiers. C'est une savante. Tout cela lui remonte au cœur avec les saumures de petit jour et l'odeur de pipe froide qui accompagnait son père. Son père ! Sait-elle seulement où il est le coureur des grands chemins bleus. Peu lui importe.

Elle chante :

« Si la mer voulait de moi
Ô gué !
Ce serait pour naviguer
Avec les marsouins, les sirènes
Et les bons gars, les âmes en peine. »

Mais vous ne savez pas l'histoire de Lucienne.

Un soir, ça s'est fait comme cela. Il a demandé à monter. C'était un grand gaillard du Nord, un Suédois qu'on a dit, et qui tirait sa bordée sur nos côtes. Il savait peu le français, mais son geste suppléait la parole, et quand il écartait les doigts on se trouvait dans le plus reculé des fjords.

Il plut tout de suite à Lucienne.

D'abord, ils restèrent longtemps dans la grande salle commune accordés l'un à l'autre sur la moleskine, à dire des mots qu'on ne comprenait pas, mais qui étaient épais et lourds comme des fruits.

Lucienne oubliait la musique pour retrouver dans son gobelet de rhum le décor chaleureux des Antilles et les nuits populeuses de là-bas. Lui aussi buvait, et l'on voyait toutes les lignes de force se grouper au bord de sa poitrine.

Bientôt il n'y tint plus. Il fallut briser l'enchantement et grimper vers le lit plein de ronces qui attendait leur chair. La toilette fut courte. Ils étaient pressés de se dire tout ce que n'avait pu exprimer la parole.

Au loin, ce fut le hululement d'un remorqueur, un bruit de chaînes vers le large, et puis le grand silence complet par lequel tout commence.

Lucienne n'avait jamais soupçonné ce genre d'homme, ce bloc d'écume décapé par les vents. Elle ne connaissait pas le poids de cette solitude ni les terribles possibilités de ce démon. Ce fut un étonnement pour elle, et comme la révélation de son destin. Elle était là pour tout subir ? Pour s'arracher à sa propre glaise et mesurer enfin toute l'étendue de son amour. Elle le fit sans contrainte, parce qu'il était nécessaire de s'élever, une bonne fois.

Alors, il la prit dans ses bras, et on entendit les os craquer. Ce n'était plus l'homme, mais la pieuvre des profondeurs qui s'abattait sur elle.

De longs moments il la promena sous ses ventouses. Elle ne gémissait même pas. Il lui semblait que la mer se refermait sur elle comme une corolle.

Vers le soir, quelqu'un ouvrit la porte. Lucienne était là, le corps marbré de plaques noires, moulé dans le maillot de douleur. Sur sa bouche flottait l'amour.

Il y avait aussi du sang bordant ses ongles.

Le vent rafraîchit l'air. Un oiseau chanta. On ne revit jamais le marin.

LA PRAIRIE

I

On alluma les feux avant l'heure. C'était un hiver de haute neige, un hiver du temps des loups, avec ses longs halages de fumées, ses grives et le claquement sec des fusils sur le seuil. Le froid était venu à la façon des hirondelles : il s'était éparpillé sur les toits et ç'avait été bientôt une volée de pierres blanches dans les campagnes. De ce jour, la rivière cessa de battre ; on n'entendit plus son cœur soulever les lourds panneaux de la forêt. Mais la forêt dressa ses échafauds en bordure de toutes les routes et pour la dernière fois le battant du soleil retomba sur le ciel.

C'est dire que loin dans les labours, tout au fond de ce grave pays où la moindre feuille qui roule prend de l'importance, on était bien chez soi, sous les solives du gel, avec les bonnes fourrures de son rêve.

Le château de Jérôme était une immense taupinière de tuiles rouges juste sous les gouttières de l'horizon. Du village, on n'apercevait guère qu'une touffe de poils rêches et la petite flamme d'un clocheton qui montait.

Jérôme avait toujours vécu dans ce paysage sans cadre, et les glaises de son domaine éclaboussaient jusqu'aux derniers contreforts du ciel. Son père lui avait tout légué : les châtaigneraies, le parc et la bonne terre à blé si fraîche dans la main. Il en profitait pour se tailler de larges épaules dans le chêne, pour emprunter la démarche pesante des sillons et se donner l'allure des collines hauturières.

Il n'avait besoin que d'être seul pour être tout entouré de présences. À cette époque de l'année le froid l'avait surpris alors qu'il emplissait sa poitrine des fourrages gras de l'automne. Il ne s'était point aperçu de la fatigue des chevaux qui tiraient le soleil vers les sombres écuries du couchant, trop occupé des gibiers, ces amis des grandes lieues qui bouleversent l'univers dans leurs courses, insoucieux du retour.

Un peu désemparé, il s'assit devant les bûches, remua ses longues mains dans la flamme comme pour recréer les blondes éclosions de juillet ; il s'y prenait d'ailleurs de telle sorte que toute une campagne s'élevait dans ses yeux ; on y voyait jusqu'aux meules pavoisées d'ailes et le profil paysan du moissonneur.

Et les soirées passaient ainsi. Jérôme ne descendait guère les étages du feu que pour reconnaître sur la vitre la délicate dentition du givre. Le jour, il continuait de soupeser les forêts, le galbe noir des mottes, mais on sentait en lui la germination d'une saison nouvelle.

Il y eut même des corbeaux pour se poser sur son visage. Et l'idée lui vint brusquement de savoir, de vérifier à la source ce qu'il portait pesamment dans son cœur.

II

Il y a le pas de Jérôme qui claque sur les dalles du perron. Il y a aussi cette toux venue de l'enfance qui ramène aux lèvres les saveurs acides de l'aube.

Le couperet du gel tombe lentement sur la nuque des prairies. Le chant des coqs est comme une brassée de coquelicots sur la neige. Quand j'ai parlé de l'idée, c'est que c'était vraiment cela. Elle s'était blottie dans un coin de sa tête comme une chatte frileuse, et il n'y avait rien eu à faire pour l'en chasser. Il faut dire aussi que c'était une bonne idée, une idée comme en ont ceux qui ne s'adressent qu'à eux-mêmes et n'avancent jamais qu'à l'intérieur de leur vie.

Parce qu'il fallait ça à la joie, Jérôme avait voulu retrouver tous ceux qui avant lui s'étaient inscrits en pleine page sur le cadastre des prairies. Alors, il s'adressait directement à la source, c'est-à-dire aux jachères, aux pacages, aux halliers pleins de tout l'état-civil des oiseaux. Il demandait aux pierres jaseuses de lui parler avec la voix des morts.

Ce matin-là, il allait, coulé dans la tendresse vicinale du chemin. La terre refermait ses lourdes portes derrière lui. Bientôt, ce ne fut plus possible d'avancer. Il y avait l'épaisse carène des souches qui voguait vers son bord. Il se sentait déchiré. Il voulait parler. Il avait une mousse amère dans la gorge. Entre cet arbre et lui, une trame légère se tissait depuis des siècles, et ni l'un ni l'autre n'était plus capable de s'échapper. Soudain la colline s'écroula à ses pieds comme une baladeuse d'oranges. De durs éclats vinrent se planter dans sa poitrine et il ne vacilla même pas. Seulement il secoua une flaque de terre sur son veston et tout un pan d'épaule s'abattit.

Alors les fleuves commencèrent à jaillir de ses côtes. Il en partit vers les Sologne s, vers les banlieues désertes où les fleurs ne sont plus qu'un mince ressort de métal. Ils emportèrent les toiles, la cargaison blanche des troupeaux, les derniers pylônes de lumière. Il n'y eut plus que le battement frais des deux rives et l'éventail d'argent qui s'ouvrait sur la mer.

Jérôme sentit que des bourgeons éclataient sous sa peau. Maintenant, il est recouvert de ramures, de lianes chantantes. Les guêpes bourdonnent dans sa tête comme dans une treille trop mûre. Les neuves écailles d'une écorce se soudent sous son front.

Toute la journée il resta ainsi parcouru de directions contraires sans rejoindre pour cela les hautes bornes de son destin. Ce n'est que vers le soir, quand les grosses mouches du froid l'aiguillèrent qu'il regagna le château. Il n'avait rien trouvé, il n'avait fait que s'assurer encore une fois sa descendance.

Brutalement, il rabattit la visière des guérets sur ses yeux. La nuit venait.

III

Il fallut attendre le printemps.

Et les brumes végétales descendirent sur la terre, et la terre éclata comme une noix trop sèche. Un rideau de pluies douces se leva.

Tout le pays apparut ruisselant dans ses vergues comme un navire au large.

Jérôme n'eut qu'à profiter des oiseaux. Il lui suffisait d'un seul cri pour reconnaître le chemin. Des milliers l'emportèrent. Il est bien d'accord avec le printemps. Il n'a plus à surveiller son langage. Sa belle voix se déroule comme les longues routes de l'ouest. Toutes les voix lui répondent.

Il y a celle de son père qui est revenue sous les branches et fait trembler les chiens. C'est elle qui dirige les lourds charrois de la montagne, les trains de bois, les blés. On l'entend qui crépite au fond des germes, dans la sève qui bout lentement sous l'écorce. Elle monte plus haut que les ramiers, elle est dans les racines insinuante comme le feu. Il y a aussi toutes celles qui ont fait la voix de son père. Les réponses commencent à affluer de partout. C'est la campagne tout entière qui se raconte : « Il était une fois un homme. Et la joie était une branche trop lourde à son épaule. »

Jérôme n'a pas besoin d'écouter. Il sait bien comment ça s'est fait avec la joie et pourquoi toutes les feuilles remuent en direction de sa poitrine. Il a une sorte d'étouffement, comme si on venait de lui enfoncer une toison rouge dans la gorge. Mais ce n'est toujours pas la voix qu'il appelle de si loin, de derrière les massifs ensoleillés de son enfance. Car les voix maternelles sont passées à travers tant de roseaux, tant de fleurs et de duvets qu'il n'en est plus resté qu'un frêle clapotis de surface.

Il faut chercher au ras du sol, dans le frémissement des fougères et la respiration secrète des herbes l'origine de cette chaleur qui ne nous quitte pas. Soudain Jérôme sent les graminées lui picorer le visage. La voix est retrouvée en lui. Les deux mains de sa mère le prolongent comme un delta. Il déborde, il est une panique bleue qui rôde. Des villes s'écroulent quand il secoue ses épaules. Tout est si simple maintenant. L'eau se met à chanter. Parce qu'elle était sa mère, les bêtes sauvages viennent boire à longs traits dans ses yeux, les joncs s'enroulent à son col, une touffe de glaies jaillit de sa poitrine. Et la voix parle depuis si longtemps déjà qu'il a peur d'oublier. Elle dit que toute la lumière viendra des prairies, qu'elle passera lentement dans ses doigts, et que lui, Jérôme, sera bientôt la seule clarté sur terre.

IV

Avec la nuit qui vient, il ne faut pas compter sur le sommeil, mais s'habituer à cette lampe hautaine, à cet épanouissement de la chair sur le grès. Rien ne sépare plus Jérôme de la verdure. Il avance courbé. On ne sait pas si c'est à cause de son passé ou des harpes qui flottent. Puis il se laisse tomber. On entend son cœur qui choque le cœur sonore de la terre. Et le silence se fait sur l'amour qui vient de naître. Jérôme n'en finit pas de mordre les ciguës savoureuses comme le sang, il en trouve toujours de plus douces. C'est la prairie qui se révèle lentement : le fer de ses chevaux, ses ardoises dorées, les marques du grand vent par-delà ses étoiles.

Il rit en caressant ses lèvres.

« Fiancée, ô ma prairie plus verte que ma
[bouche,
Tiède meute attardée sous ma langue et mes
[doigts,
Je referme sur toi mes dernières blessures. »

Alors il commence à neiger sur son front. Des flocons de terre noire immobilisent ses rides. Ses bras prennent le sens oblique des vergers.

Là où il s'est penché, il n'y a plus qu'un peu de thym qui vole.

LES PAS DANS LE CIEL

I

Le vent n'en finissait plus de secouer ses froments, ses blondes migrations de germes sur la terre. Au bord du monde les petites fumerolles de l'herbe montaient mordillant l'air comme si cette grande faim ne s'était point apaisée depuis longtemps.

Et j'étais là, la main comme un bourgeon gluant, sans désirer rien d'autre que les hespérides du soleil tandis que près de moi les arbres continuaient leur commerce de rosée toutes les feuilles tournées vers la source.

Bientôt mon corps lui-même n'a plus été retenu. Je l'ai senti glisser sur ses cales dans une traînée de suif qui lui faisait comme deux béquilles d'argent et j'ai été debout à la façon des gens malhabiles qui se risquent hors de l'ombre.

Il y avait cette démarche intérieure qui est la promesse du mouvement, ce déhanchement total de l'âme et j'étais déjà sur la route bien avant de savoir que je pouvais être sur la route.

Car elle m'attend dans la petite maison couverte de vagues à la limite du soir. Elle traverse le corridor de sa jeunesse. Dans l'embrasure de la falaise, c'est elle, penchée sur l'horizon bien au-dessus des cataractes de lumière dans la belle insouciance de son âge.

Maintenant je la promène à travers champs comme l'aurore. Nous fermons le sentier bien plus chaud que l'ortie. Tous les oiseaux sont groupés dans nos mains. Toutes les mains dans les nôtres.

Il doit être quatre heures.

Mais qu'importe le temps quand il ne s'agit plus de revenir.

C'est un pays que nous connaissons bien et c'est un autre à la place des toits : la mer.

On commence par le nouveau monde. Peu à peu se découvrent les hauts massifs d'écume, les plateaux parcourus de juments grasses, les fermes. Il y a des algues qui claquent dans l'air comme des lassos. Ta chevelure est piquée de toutes les plumes rouges du soleil. J'oublie les mots quand il s'agit d'épeler les syllabes formidables du rêve. La parole viendra toujours après. Elle et moi nous allons, sans penser que les branches se soudent en nous, sans penser que les vergers s'amoncellent sur nos têtes et que rien ne sera quand les fleurs cesseront de grandir.

C'est la maison abandonnée, l'encolure fraîche de la haie et le jardin derrière les gelées de longues tiges avec les cailloux blancs précis comme la mer.

Il va falloir s'arrêter là. Le paysage ne continue pas. Et quand je dis le paysage je songe aux vallées profondes, aux merveilleuses écorces dont nous nous revêtons, pour mieux dire oui à la joie.

Nous poussons la barrière. Nous sommes déjà chez nous.

II

Vraiment c'est la lisière, l'orée, la terre qui n'est plus à personne pour avoir été soupesée dans trop de mains. La flore voyageuse envahit les fenêtres comme si ce regard trop bleu avait besoin des sombres phosphores de la forêt.

Par moments on finit même par oublier qu'il y a là une maison. Le cœur se détache si facilement des pierres et le seuil est si loin. Les quatre murs sont comme des pigeons qui s'envolent. Derrière le mur, le puits. On dirait un arbre transparent qui aurait poussé à l'intérieur même de la terre, les racines s'appuyant sur le ciel, ou bien une de ces longues-vues à travers lesquelles on cherche vainement la proximité d'un arbre.

L'arbre était peut-être cette eau noire, cet œil plein de vibrations. Nous étions assis sur la margelle rapprochés par ce clapotis bizarre qui semblait une respiration désespérément humaine.

Une pierre, comme on dit une perle, avait bouleversé ce monde en suspens, cette provinciale fraîcheur souterraine. À la première ni l'un ni l'autre n'avions fait attention, mais les pierres ont continué de jaillir vers ce ciel plus définitif que l'autre et tout un peuple de cloches s'est levé entre nous. La cloche qui sonne maintenant dit que c'est dans un grand jardin que nous nous sommes connus, un jardin tout ruisselant de cordages et d'ancres sur le môle d'une colline. Nous allions avoir six ans. Et chaque ride sur l'eau creuse un peu plus nos visages.

À quinze ans devant les mêmes livres.

Je te reconnais bien penchée sur le pupitre des prairies. Les myrtilles éclatées te noircissent les doigts. Nous nous retrouvons dans les mêmes granges toutes secouées de moussons. Là, dessus ton épaule, je déchiffre la grande page blanche du matin.

Pour cette pierre tu es devenue tout à fait une jeune fille. Loin de moi, tes mains croisent les miennes sous la lampe, c'est ton pas qui me réveille si je m'endors dans l'oseraie de tes cils. Nous sommes du même voyage. Et je n'ose plus écouter. Les pierres sonnent à la volée comme si tous les villages s'étaient réunis dans ce gouffre. Il y en a qui viennent de très loin derrière la tête, d'autres qui sont légères comme la pluie, d'autres encore qu'on sait arrachées au bloc dur de la poitrine.

Peut-être y a-t-il des noces qui se célèbrent au fond de ce puits, des noces auxquelles nous ne prendrons point part. La terre a ainsi de mystérieuses raisons d'éviter l'homme.

Mais tu n'écoutes déjà plus. Tu es dépassée par l'amour.

III

Il y a quelques minutes de silence. Un de ces silences qui suit les grandes démolitions. Et puis une pierre est venue frapper plus fortement la surface et je n'ai plus rien vu.

Son visage est sous les décombres, sous les plâtres de lumière qui surnagent, comme une truite entre les griffes du saule.

Dans les yeux j'ai encore le battement frais de ses ailes, son sourire éclabousse mon propre visage comme une gerbe d'étincelles. Bien sûr rien n'est changé !

Soudain le vent se lève et toutes les banquises du ciel dérivent vers moi.

Des feuilles glacées ruissellent sur mon échine. Je l'appelle, je tends une main aveugle. Je ne rencontre que l'éponge molle de l'air, les méduses flottantes du soleil. Je touche la carène froide de la terre. Je lui donne son nom. Elle n'est plus ici. Alors, je me précipite follement sur la grille, je secoue cette lame de fer comme si j'étais à l'intérieur de la cellule dans l'odeur de pain rance et de suint. Un drap noir m'enveloppe. Longtemps je continue à me meurtrir les doigts. Je sais qu'il n'y a plus que ces barreaux légers qui nous séparent. Il me semble voir une lampe qui brille sous sa robe, tout un pays derrière sa main. Sa main me brûle.

Le long de mes poignets je sens monter toutes les abeilles de la fièvre.

Puis c'est un nuage qui vient de l'enfance. De quelque chose comme la chaleur de la tourbe. Les pervenches du gel et le halètement des loups domestiques dans la forge. C'était si simple !

Je suis lié à la grille par toutes les colères de mon sang. Je mesure mon souffle à ce tulle meurtrier. Je ne peux plus vivre dans cette cage qui me serre le front. Je marquerai son épaule de mes lèvres.

À bout de force je lève les yeux vers les champs, vers la vigne qui boucle aux tempes du monde, vers la mer. Peut-être marche-t-elle dans le sillage des marées, sur le tremplin brodé d'écume des courants. La place qu'elle occupait est recouverte de fleurs.

C'est la seule réponse.

IV

Mais depuis un moment on dirait qu'on gratte dans le ciel. Sans que je m'en aperçoive une poussière bleue a coulé dans tous les plis de mon visage.

Il y a sûrement quelqu'un de haut perché qui chemine. Comment savoir. Il faudrait arracher ses yeux aux souches profondes de la mer. S'habituer à ce crépitement de feuilles d'or dans les prunelles, se mettre au niveau de la lumière.

Le bruit devient de plus en plus distinct. C'est celui d'une marche légère et un peu maladroite comme celle d'un enfant.

Mon cœur est au sommet privilégié de ma poitrine.

J'écoute.

Il y a une voix très douce qui m'appelle, une voix qu'ont remuée le sang, les frondaisons, les lourdes étoffes de la mémoire, une voix qui s'appuie sur toutes les voix du monde et se souvient.

J'irais voir sous les nuages ce qui se passe. Elle était là. Je la trouve lavée par tant de pierres, parcourue par tant de rivières qu'il est inutile d'user la parole pour ces mots-là.

Simplement, je la regarde et puisque je ne l'atteindrai jamais dans ses replis neigeux, je la ramène sur terre.

Alors nous sommes à nouveau sur la margelle, devant cette table ronde qui n'en finit pas de couler sur elle-même. Il ne reste que le silence pour nous sauver.

Et le silence vient. D'abord comme après

une branche cassée, puis le silence d'après la chute des montagnes, le silence des fins de jour.

Là-bas, vers l'arrière-pays, celui qui est sillonné par tous les rails de l'horizon, tombe le disque rouge. Le dernier train s'en va.

TABLE

CET OUVRAGE A ÉTÉ REPRODUIT
ET ACHEVÉ D'IMPRIMER
PAR L'IMPRIMERIE FLOCH À MAYENNE
EN OCTOBRE 1997

Éditions du Rocher
28, rue Comte-Félix-Gastaldi
Monaco

Dépôt légal : octobre 1997.
N° d'édition : CNE section commerce et industrie
Monaco : 19023.
N° d'impression : 42362.

Imprimé en France